主編：張晏瑞　編輯：莊凱婷、林慧文

菜鳥先飛

——出版社實習新體驗

目次

總編序

梁錦興

今天，助理通知我辦公室有訪客。我原以為是同業或客戶，見了面以後，發現是之前在萬卷樓參加暑期實習活動的同學。他們告訴我，萬卷樓的實習活動結束後，在編輯部的指導下，同學們編了一本暑期實習心得的小冊子，現在已經編好，要我寫序。

萬卷樓圖書出版經營理論與實務暑期實習活動辦到現在，已經是第三屆。更早之前，這是一個「無心插柳，柳成蔭」的案子。萬卷樓經營向來是以圖書館採購通路為主，跟學校合作，接觸的都是學校中的老師、同學。有時候同學們想要打工，或是實習，就會透過老師的安排聯繫，到萬卷樓來。同仁們也都習以為常，十分歡迎。

後來，來實習的同學多了，我想如果單純只是來參與公司內部的工作，做的也是小螺絲釘的工作，收穫應該有限。既然我們在業界，有充分的人脈和資源，何不請一些業界的高階主管來跟同學們上課，讓同學們可以更了解出版產業的內容，同學更可以學習這些

業界高階主管的工作經驗。在這樣的想法底下，我請助理作了一個企劃，舉辦一個為期三天的演講與參訪課程，課程之後再到萬卷樓實習，參與實際的工作。

企劃作出來以後，我邀請了出版界裡面的幾位好朋友，如：花木蘭出版社總編輯杜潔祥先生、遠流出版行銷總監鄭明禮先生、華藝數位股份有限公司副總經理陳建安先生、百通科技股份有限公司產品經理黃大中先生⋯⋯等，到萬卷樓舉辦兩小時的講座，針對他們的專長與經驗，跟同學們作分享。同時，也請中貿分色製版印刷事業股份有限公司廖鴻輝董事長、孫立得總經理協助，分別安排了製版廠、印刷廠、裝訂廠、燙金工廠的參訪行程。廖董事長還特別開了一個講座，幫同學們講解傳統印刷的製程與作業方式。這樣的課程安排，包含了整個圖書出版業的編輯與營銷的各個層面，應該是完整了。這個課程，也就成為「萬卷樓圖書出版經營理論與實務」課程的雛形。

這個活動開始正式實行之後，頗受好評。在公司實習的同學，與公司同仁感情都很好。實習結束後，我們針對幾位應屆畢業的同學，幫他們作了推薦。他們也都順利的找到工作，也有幾位同學就留在萬卷樓任職。也因為如此，第二年報名時，一下子來了大量的同學，實在超過公司的負荷。我們只好改用收費的方式，一方面分攤公司舉辦活動的費用，另方面讓同學更深思熟慮，是否真的對這個產業感興趣。這個方式，也就成為後來這個活動舉辦的一個支柱，也形成了模式。

當時，在活動舉辦之前，我有告訴編輯部，可以把活動作成紀錄。後來，編輯部跟幾位同學合作，一起完成了這本實習心得。我把這個實習活動的過程寫下來，作為這一本書的序，也作為我們策畫這個活動的紀錄。

萬卷樓圖書公司總經理
梁錦興謹誌
2013年11月15日

02/06/2013 20:44

莊凱婷

東吳大學中國文學系

作者簡介

莊凱婷，新北市新店人，基督徒，就讀東吳大學中國文學系，輔修日本語文學系，兼修創意人文學程，曾任中文系系刊《墨瀾》第三十七屆主編，現任第三十三屆雙溪文學獎文編長，大二時曾因著對新聞媒體的好奇心至華視新聞部實習，大四前的暑假秉著對編輯的愛好至萬卷樓圖書出版實習，考過電腦軟體應用丙級證照，興趣廣泛，對於新知永不饜足，總想用最少時間做最多事，事情多了就偷偷在心中計畫著出走，卻總是沒走成，事情也都如期完成了。

不習慣寂寞，但也能享受偶然獨處的時光，也許是在鄰近的書店中細看一則故事，也許是在夜半時分踏進回憶的洪流中，總是要留點時間和自己對話，儘管偶有遺憾才值得追憶，生活仍以不留悔恨為目標，未來也會持續下去。

CHAPTER 1

仲夏時分，向前躍進

莊凱婷
東吳大學中國文學系四年級

　　七月，熱氣彷彿蒸騰著人的思緒，學生生涯正在倒數，我以實習開啟這意義非凡的暑假，甫入大學就積極參與社團累積編輯經驗，一直期盼能有機會實際接觸業界，創意人文學程的實習必修提供了我這個機會，一大早便來到萬卷樓出版公司，站在電梯口前，竟有種不真切的感覺，也許因為太過興奮和緊張，我比其他人還要早到得多，當時比我早到的只有梁總經理，他在六樓萬卷樓門市親自整理書籍，我從他忙碌的身影看見他對出版產業的重視和熱忱，意外的上了一課。

　　三天的理論課，算是替懵懂的我們打下基礎，但其實很多事還是實際做過才能明白的，開始實習以後，我才知道為什麼出版產業需要全方位的編輯人才，也不斷反問自己是否具備這樣的條件。這三天的課程讓我們大略掌握出版概況和一些基本觀念，在這些課程中不斷提到電子書是未來的趨勢，未來電子書會逐漸取代實體書籍，從小我就喜歡抽點時間到書堆中閒晃，可能是圖書館或書店，在那之中隨意翻找著，有

時被幾句話或某些情節吸引，像是在茫茫人海中尋見知己般，一頁頁翻著，好比真切地握住對方的手，我想電子書不會完全取代實體書的，只要愛書的人依然存在的話。

在萬卷樓這一個月中，我們分別至編輯部、倉儲部、進出口部實習，這之中最令我期待的就是編輯部的工作，實際編輯的工作和我原先想像的迥異，一名編輯不只要具備文字敏銳度，這固然重要，應該說不是每個具備文字敏銳度的人都能成為一名編輯，還得要瞭解成書過程的枝微末節、涉足各項業務、熟悉各個軟體的運用，有時還得要支援倉儲部的工作，關於支援倉儲部的工作，最令我印象深刻的莫過於去接收一家倒閉出版社倉庫存書那次，我站在密不通風的樓梯間和大家一起接力搬著一箱箱的書，每個呼吸都是黏膩的，悶得心理發慌，書搬得差不多時體力也將耗盡，我上樓和大家會合，目光忽然滯留在那原本堆滿書的小倉庫，一位在樓上搬書的同學和我說，她眼見蘇總經理看著那個倉庫逐漸變得空曠，彷彿在緬懷過去那段歲月，看著他落寞的背影，忽然意識到方才搬的都是他投注大半生的心血，走到涼爽的室外，反倒開始覺得有些難受。

編輯部的工作中最令我感到親切的就是文字校對工作，其他幾位中文系的同學們也有同感，我們大都學過一些校對要注意的事項，平常也常在閱讀過程當中不自覺的校對著，校對時則是不自覺的閱讀起來。其他諸如雜誌附錄小故事編寫及製作雜誌內頁的小廣告都是第一次嘗試，我們透過雜誌附錄小故事編寫練

筆，藉由製作雜誌小廣告使創意飛揚。在編輯部的幾項工作當中最特別的非古籍攝影莫屬，隨著科技的發展，古籍也能用電子書的形式保存下來，其方法是先將古籍一頁頁拍攝，再將相片檔案寄至數位印刷業，我和幾位實習夥伴一起拍攝了近半套的《人文月刊》，通常是一人扶著、一人攝影，每過一段時間就交換，古籍在我們手上這樣晃了幾圈，幾位實習生之間的距離也拉近了。

大二時曾擔任中文系系刊《墨瀾》主編，和下屆幾位主編也都還有聯絡，在他們出刊面臨困難時，我和他們一起請教萬卷樓的張晏瑞副總編輯，晏瑞學長也很熱心的幫助我們，在這之中我也學了許多，例如過去我就從沒想過可以用 QR CODE 放置彩圖，解決經費不足的問題，這個經驗可以算是這次實習一點額外的小收穫吧！

一個月的實習時間轉眼就過了，實際接觸業界後，更加發覺自身的不足，實習完通常會有兩種情況，一是了解自己不適合之後避而遠之，二是在結束後仍舊持續學習下去，過去在新聞部實習完後的情況是前者，而這次是後者，我想以此次實習經驗為起點，未來繼續增進自己，並將出版產業列為未來的選擇之一。

林慧文

東吳大學日本語文學系

作者簡介

林慧文，實習期間就讀臺灣東吳大學日本語文學系，兼修人文創意學程，香港人。

獨立自主、勇於接受挑戰的「八十後」女生，個性務實堅強，理性思考，對新鮮事物抱有濃厚的好奇心。初中時期受外國經典翻譯小說薰陶，十九歲前探索文字，二十歲赴臺升學，鍛鍊語言與溝通，兩年後接觸佛教，活躍於義務工作與禪修課。目前掌握粵、英、日、國語四種語言並持續精進，同時努力擺脫「二二八八」的臺語。認為人生中最強大的敵人是自己，今後的目標是用一生去印證何謂事在人為。活著就是一種創作，心目中最理想的作品，是自己能樂在其中同時又能令他人愉快的生活幽默。

CHAPTER 2

非關專業，關乎選擇

林慧文

東吳大學日本語文學系四年級

創意常常令人聯想到破舊立新，然而創意事實上卻是離不開前人，概念近於承先啟後，青出於藍。

文創學程的實習讓我跟出版業結了緣。這是個歷史悠久的行業，資歷太老，以至於常常忘記它本身就是創作源頭。書海無崖，時至今日也早遠在有生之年無人能至之地。努力把前人文字記錄下來的世世代代的人，我無法想像，是在怎樣的因緣下才讓他們網住了與眾不同的靈感，說文明千年不朽全有賴他們也不為過。

但創作和出版畢竟是兩個概念；如果作家是一條船，出版社就是擺渡人，讓船駛向可以前往的地方，接應想坐船的客群。

二十多天的實習過程中，我發現出版社的工作，其實相當繁瑣。絕版套書的拍照重印，文稿校對、打字、合約蓋章，雜誌廣告製作、小故事編撰，源源不絕的新書上架、刷書等作業流程，在實習期間不斷反覆操作，每天都做不完。此外還有一般文書處理，電腦舊文檔案的重新命名和分類，學術研究員的基本資料與連絡方式

的整理……每一個工作程序幾乎都沒有可以減省的餘地。整理工作的刻板似乎是個本質，很難改變，可以說是相當無聊又絕對必要的工作。

話雖如此，偶有所得，也可以說是一種忙裡偷閒的樂趣。對於喜歡閱讀的我來說，文稿校對是個相當有趣而愉快的工作。它的趣味在於，檢查錯漏的同時，你會不知不覺與內容同步，繼而深入閱讀。雖然你沒有選擇讀物的權利，卻正因為此，反而容易得到意外的收穫。在「強制性閱讀」的情況下，變相是增廣見聞。時間一久，說不定還能成為一個通識達人亦未可知。刷書的過程中亦能有同樣效果；一個接一個的架子刷下來，經手的種類雖然不多，但題材絕對過百種。將感興趣的書目默記下來，作為以後的精神糧食，這種盈溢的飽足感也令我相當雀躍。

在出版社待的時間越久，這兒看一看，那兒翻一翻，我覺得連動筆桿的衝動也有了，真是不可思議。

文字以外，行銷和業務的頭腦也是必要的。

實習前有三天理論課程，而企業參訪是其中一環。即便是懵懵懂懂一菜鳥，三天下來，也算是掌握了一點點出版業以至印刷行業的情況。學生普遍看重的編輯技巧只是出版過程中的一部分，更多的工作還在行銷上面。印刷出版是一種意念和文字創意的交易，作家和出版社是一種合作關係，而後者畢竟是做生意的，業務的成份佔了多數，總編以至助理編輯亦往往不得不涉足到業務裡頭。若單純認為文筆好、學識多就適合當編輯，這樣

的觀念勢必要吃苦頭。印刷方面，隨著電子化生活的不斷進化，傳統印刷行業亦必須改變經營方式。電子書的發展是出版界採取「POD」（Print On Demand）的主因，目的就是成本控制和善用資源。幾乎受邀演講的所有業者都預計電子書有朝一日會取代實體書，目前只是過渡期。在這樣的概念基礎上，多數的印刷廠都有涉足電子書的經營，而且不約而同都兼營一些書籍以外的業務，或是紅酒買賣，或是印發銀行賬單等。

　　參訪之外，主要以講座為主。幾乎所有受邀演講的出版業者都好奇的是：你們誰是將來想當總編的？誰將來想從事出版業？加上四所大專院校五十多人，一開始誰都沒舉手；第二、三天有人舉了，但印象中總數不超過五個。我也沒舉手。並不是害羞謙虛等等面子問題；我是真沒想過，傳統行業的實習機會不多，這次就是探路來的。其他同學心思大概也類同，回程路上隨便聊聊，聽得出來有不少人有意要投履歷到昨天或當天參訪的機構去的。其實大家心裡都有打算，不明說，四處走走的當兒都把工作環境盯得仔細，計劃得是胸有成竹。

知識載體在轉變。從遠古的語言，及至筆錄文字成書，現在我們則在數位化的橋樑中央。

　　在高水準作品減少的問題前面，還有出版產業委縮的危機，要穩住陣腳，今後還得進一步在行銷的路上思考。之所以焦點在行銷，是因為行銷是產業的根本，是投身各行各業的人都必須掌握的部分。我是愛書之人，書籍的存在在我心中佔了相當重要的份量，因此在開始實習之前，我的個人目標，是希望多留意行銷方面的策

略，期望藉此補足對出版業未來的想像，磨練自己的眼光和敏感度。

學術性出版物背後是一個模式相對固定的市場，但人文創意學程中一系列跨學系的課程讓我意識到，傳統的商品買賣模式，已經不能滿足在多元文化互動下的消費群，不但商品不單純是實體商品，同時附帶的還有交易背後衍生的價值、理念和服務等意識層面，簡稱「心靈的訴求」。這樣的概念其實很像香水。專櫃上陳列的香水看得到也碰得到，是最初的交易；然而真正使用時卻是無形的香味揮發，這就轉化成為了一種價值觀。同一系列的香水，氣味是一樣的，這是「表象」；但當香味與每個人身上與生俱來的氣味擊盪，就會產生另一種全新的獨特香氣，這才是最後的「真象」。簡而言之，當商品到了消費者的手中，它所代表的就都是全新的意義了。想一想「iPhone」消費群的心態，我想你就會明白我的意思。

當然，要在一個月不到的時間內，完全掌握所有業務流程，甚至尋求些許的啟發，的確有點勉強。但我很慶幸，能在叢書部、雜誌部、倉儲部、進出口部、門市等各個單位循環實習。這期間的過程是寶貴的，因為沒有實際做過，一切就是場空談。唯有體驗過了，才能反思、找靈感，知道自己還缺甚麼，明白今後還能做甚麼、怎麼做。

出版業傳統但不單純。不管是從甚麼學系畢業的，都是新鮮的工作，上手與否只是時間問題，敢去做就能勝任。

其實出版社的工作要求不高，要的是「熟能生巧」，由思考乃至依據本能反應，如此而已。生疏也只在一開始，久而久之，習慣了，反而要自我警惕集中精神。當然，我認為這都是新人必須歷練的一環，瞭解基礎概念是必要的，而在反覆操作的過程中更讓我明白到，如果不甘於工作的單調而想求變，就只能不斷往上攀，拓展、增值技術領域，在工作中尋找自我挑戰的目標。

陳
婉
晏

東吳大學中國文學系

陳婉晏，東吳大學中國文學系畢業，並修有創意人文學程。現於國立臺灣師範大學國文系擔任教授的研究助理。

在家庭因素下，自小即培養了獨立自主的個性，及樂觀的人生態度。凡是自己有興趣的事物，便會主動摸索及學習，尤以電腦軟體的應用為主。也因在電腦方面具有天分，對於各種軟體多能快速上手，目前已考取兩張中華民國技術士丙級證照，並不斷地自我進修，計畫在未來考取更多相關證照。

大學期間，先後參加原住民課業輔導社及雙溪中文志工隊，除為弱勢族群盡一份心力，亦磨練自己的能耐，培養活動策畫、執行，及領導、整合的能力。曾擔任線上學習進行室的督導工讀生，待人處事上更為圓融，碰到問題亦能隨機應變。不論接觸何種工作，皆能具有抗壓力，能負起該有的責任，並秉持著「要做就要做到最好」的態度，積極面對每一個挑戰。

CHAPTER 3

學中做，做中學

陳婉晏
東吳大學中國文學系畢

自大四下學期開始，每日無不擔憂著畢業後的出路，而我就站在繼續升學、往出版業或廣告業發展的三岔路口，徬徨不已。但因為創意人文學程尚須實習的關係，我比同儕多了半學期的時間思考，也是在這樣的機緣下，我進入了萬卷樓實習，得以更深入地了解出版產業。

從實習前的理論課程，到為期一個月的各部門實習，讓我印象最深刻、收穫最大的是編輯部。一來「編輯」本是與我們中文系專業極為相關的工作，得以測試自己的能力，二來在編輯部所接觸的工作不僅僅是校稿、撰文而已，尚有系上課程中不曾學到的東西。

還記得實習的第一份工作是故事改寫。編輯部先是讓我們自己挑選一本書，從中選取自己喜歡的故事，閱讀後，再將內容重新詮釋。起初覺得這是個簡單的工作，不外乎就是「換句話說」罷了，待開始著手撰寫時，才知道多麼不易發揮，雖然僅需要撰寫八篇三、四百字的短文，卻使我煎熬了好幾個小時。事後，細想了萬卷樓安排這項工作的用意，大概是要磨練我們的文筆吧！而

透過這種「換句話說」的方式，既能測驗自己的功力，了解自己不足的地方，也是在學習他人的用字遣詞、描寫手法，提升自我的辭章豐富度。當時並不覺得有甚麼影響，直至現今從事研究的工作，每天都必須撰寫文章提要和作家簡介，猛然回首，便發現自己文筆長進了許多，對於詞彙的應用亦能更加融會貫通。有人說：「訓練歌唱的技巧，從模仿開始。」我想，寫作的訓練也不外乎如此了。

另一項對我有影響的工作是校稿。大學期間曾修讀過編輯學，除了基本的理論課程，老師也讓我們做過同類的校對的測驗，畢竟校稿是編輯不可或缺的工作之一。當時的測驗是以某出版社招考的稿子作為題目，且有限制時間，幾乎比照應徵的方式進行，而我的總成績不算太差，讓我更加認為校對是很容易的，唯有校正符號需要花點心思記牢。然而實習時所做的校對，和課堂測驗是有落差的，因為多了一個與原稿比對的步驟。在直覺想法的基礎下，或許會認為有原稿對照，更使問題一目了然，校對也就不會那麼困難了，可實際上，當作者有誤用成語或錯字時，校對者反而容易受其影響，尤其是最常被以訛傳訛的部份，更得格外注意。記得曾經有一篇稿子，原稿作「盡謝不敏」，念起來很通順，文意上看似也通，但實際上這是訛用的結果，「敬謝不敏」才是正確的，如果未多加留心，校稿時就很容易會被帶過。

此外，排版的問題也需仔細琢磨。編輯部的輔導是東吳的學姊，她告訴我們：「為使版面更為簡潔，原稿中的標點符號，在不影響文意，也不影響行文流暢度的情況下，都得進行刪減。」這和我原本的認知稍有出入，

如果沒有親身學習，想必我現在仍舊抱持著錯誤的觀念吧！而實習期間多次的校對練習，除了增進我的耐心與細心度，也讓我在接下助理工作後，能夠快速地上手，無須讓教授一而再，再而三的費心教導，成功為自己的工作表現加分。

　　至於其他的編輯工作，廣告製作也是讓我很有收穫和感觸的。這些製作的廣告主要是用於《國文天地》雜誌中，宣傳萬卷樓的書籍資訊。但廣告製作對我們而言是比較陌生的，因為廣告設計並不在校內課程的範疇，故此編輯部的前輩悉心地教導我們每個細節，包括頁面的大小、邊界的設定，還有廣告的內容、位置該如何配置，以及「半欄」、「二分之一頁」、「全頁」等術語，可以說是幫我們上了一課，而這一課正是我在國文研習中不曾接觸到的。經過多次的練習，愈見上手，倒也不覺得有多困難，但自從瀏覽過其他人的作品後，方發覺自己在整體版面與色彩的配置上遜色許多；在美感如此不足的情況下，我若還想往廣告業發展，勢必得做更多的功課。幾經考量後，我決定暫時將廣告業自畢業出路上消去。

　　那麼編輯工作又適合我嗎？我不禁思考著。回想過去上編輯學課程時，老師曾放映一段由編輯群所自導自演的影片，內容將編輯的種種辛酸血淚寫實呈現；觀看後，退縮之意在我心裡油然而生，因為那樣的景象與我的個性太不相符了，何況我也沒有對編輯工作抱持極大的熱情與嚮往。而經過這次暑假的實習，儘管對「編輯」不是全面了解，可至少我知道自己是不討厭編輯的。後來擔任研究助理，所做的工作也都和編輯有關，甚至日

漸做出興趣。未來我很願意繼續往編輯相關領域發展，
並期望自己能在其中發揮所長！

　　整體來說，在編輯部的日子，實在受益良多。除了
實現中文專業與實務應用的結合，藉以檢測自己在校的
學習成果是否扎實，同時也能體會到理論和實際的落差，
進而學習不同的事物，提升自己的能力，從學中做、做
中學，真正去了解自己擅長甚麼，缺乏甚麼，努力補足，
並做出適合自己的生涯規劃。

許詩婕

東吳大學中國文學系

作者簡介

許詩婕，新北市板橋人，目前就讀東吳大學中國文學系四年級。

家中排行老么，擁有父母與兄長的教導，而家人個性純樸、老實，喜愛相互交談、暢談人生理念，因此造就出感性的我。於我懂事以來，父親常說：「做每件事情，就要有應該的態度；負責任，是你做事的義務。」而這句話，依舊影響著我，也逐漸成為學習、做事的基礎。個性不服輸的我，喜歡做好每件事，並且不斷地挑戰自己的能力。

於大學期間，除了中文系本身的課程，也修習創意人文學程，以拓展自己的視野，並期許自己能培養出全方位的實力。而在求學的過程中，不僅重視於學業，也重視活動上的參與，因此曾加入中文之夜、中文迎新營宿的服務員團隊，目前為校內外語自學室的工讀生及外語自學小組長。

CHAPTER 4

再次學習，得新體驗

許詩婕
東吳大學中國文學系四年級

　　二〇一二年的暑假，對於大四生來說，是未來抉擇的關鍵期，而我選擇職場所提供的實習，是希望能從中得到一個不同以往的學習機會與環境，很慶幸的是，我得到萬卷樓圖書公司的實習，進行為期一個月的職場實習之生活。

　　對於「萬卷樓圖書公司」，身為中文系的我而言，這並不陌生，因為許多的學術用書都來自於此；但對於「出版書籍」這一方面，可說是完全地處於「不了解」、「搞不清楚」的情況之中，更糟糕的是，我並不知道如何才能做出一本書。在這樣的不安因素之下，於實習前的一段時間，我時常抱持一種消極的心態，因為害怕自己這也不懂、那也不懂，會影響大家的運作。但值得感謝的是，在實習正式開始之前，萬卷樓的梁總與張督導為所有的實習生，舉行了為期三天的出版經營理論課程，讓所有實習生可以先透過眼睛與耳朵，來體會、瞭解出版產業的概況。而這三天當中，不論是出版行銷，書籍分

類，或是傳統印刷廠的運行情況、數位出版的特色等，這些知識與經驗皆使我的視野擴闊，也開始同步去思索、面對出版界如今所面臨的問題。實體書銷售量每況愈下，不只是電子書大量的壓迫所造成，而是在於讀者的心態與需求改變，受到外界視覺與聽覺的誘惑，甚至是「文字不耐症」的感染蔓延，皆使得出版界與書籍市場一再地被削弱。面對這樣的環境，許多業界前輩仍不停地努力轉變，以期望尋找出鞏固讀者與出版界的橋樑，故至今出版界與書籍依舊存在，而這樣的重擔，在未來或許會更加地沉重，但期許自己與同儕們能夠擁有實力去面對挑戰，因此這一次的實習是我面對未來挑戰的第一步。

一個月的實習時間，我很開心，因為掌握到出版書籍的要領與過程，對於自身而言，這些經驗可以讓我再次衡量自己的能力與體力。如果要問在哪一個部門學習到的經驗最為關鍵，我覺得每個部分都很重要，也都值得自己學習與反思；但若問到最特別難忘的過程，我想應該是在倉儲部實習的八天，因為當中體會到許多內在、外在的感受。

首先，整理書籍雖然是勞累的工作，會需要大量的體力、足夠的耐心來面對數十個大書櫃，再經過分類、裝箱、刷書、搬運，整個流程所花的時間約要四至五天，要耐得住每天的辛勞，實習生就要跟男生一樣厲害、強

壯。這樣看來，倉儲部的工作並不適合女生來做，但就我個人覺得，這樣的想法是大錯特錯，因為在我們這個時代，不分性別，都必須擁有萬能的才能，就像人型機器一樣，甚麼都要會、甚麼都要做。而透過這樣的工作內容，一方面可以重新瞭解書籍的分類，慢慢地從潛意識中產生出分類的概念，並且培養個人的耐心與細心；另一方面，透過裝箱、刷書、搬運的過程，都是在不停地挑戰自己的體能極限、協調性，不會在諸事紛忙中自亂陣腳。

其次，是團隊合作與獨立運作的相互並行。即便在倉儲部負責人向大哥指導過如何分類書籍後，在獨立運作的過程中仍會產生許多疑惑，這時候團隊討論會不停地出現，以能判斷出最適當的書籍分類，並且馬上做出改正的動作，以確保書籍分類的正確性，但當團隊討論產生分歧之時，就需要請教向大哥。千萬別因為害怕而不去問任何事；請教也是一種學習，甚至可能獲得意料之外的經驗，問了之後還需要去了解，以實際的工作內容來印證前輩們的經驗。經驗都是從各個小地方累積起來的，就像書籍分類一樣，看似簡單，但事實上有很多基本認知、工作態度，都從細節開始。還依稀記得實習第一天，向大哥跟我們實習生不經意地說：「三民書局很大，對吧？他們的工讀生也是像你們一樣，從整理倉庫開始的。」這似乎提醒著大家，需懂得瞭解眼前的分類，因為當中的訓練如同出版業的入門功夫。

最後，是物流的重要性。一家出版圖書的公司，會擁有固定的出版市場、網路販售通路等，而其背後都必須具備便利、順暢的物流管道。至於萬卷樓的物流工作，幾乎是依靠倉儲部的向大哥來處理，而我個人覺得很幸運的是，待在倉儲部的時間，剛好都能跟著向大哥到處奔波，送書、寄書、送信、搬貨、前往書展，將萬卷樓大部分的物流跑完。當時向大哥也開玩笑地說：「妳們將我十年的經驗，在四天內都體驗過了！」聽到這一句話，我的心裡充滿興奮與雀躍，也很慶幸自己能將過程全部跑完。事實上，這八天當中讓我有一種體悟：如果部門群是一個書箱，那倉儲部就如同負責釘牢的釘子，不可或缺，但為甚麼我會產生這樣的想法呢？原因來自向大哥出差的那幾天，改由我們實習生獨自前往中研院取書之事，這時我才深刻地體會到物流的必要性，原來倉儲部不單是存放、清點的地方，它也是所有部門的支援後盾。

　　重新回顧這四週以來的努力和成果，我不敢說自己做得有多好、多完美，但我盡了自己最大的努力，來完成每項工作與學習；也許在工作的當下，心中會有煩悶、懊惱、懷疑，然而事後回想，這些都是自己不成熟的內心反應。想起梁總曾對實習生說道：「雖然辛苦，一定會有埋怨，但其他的姐姐們也是這樣過來的，所以不要有怨恨。」而另一位中研院的老師緊接著說：「不！他們一

定要有埋怨，這樣才能將怨恨給『埋』起來！」這番對話讓實習生聽了，會心一笑。的確，做每份工作都會有埋怨的時候，但能將怨氣化為努力，卻是大家所需要學習的，特別是我們這一代的年輕人。很感謝萬卷樓給予我這一個月的時間，讓我接觸到不同的人事物，以及學習如何轉換自己的觀念與看法，相信將來出了社會，回想起這一個月的細節與磨練，必定能受用無窮。

林怡鈞

東吳大學中國文學系

東吳大學中文系，基督徒。最喜歡看書，只要拿到書就可以在任何地方、任何時間閱讀。曾就讀台中科技大學（原台中技術學院）五專部企業管理科。本著對文字的敏感和熱情，還有因興趣而大量的閱讀，插大入跨中文的領域。生活中除了學校課業之外，大多忙於參加教會活動及教會工作。不是參加學校社團，卻也因著教會各式各樣的活動，學習到工作執掌、策劃活動、溝通協調、關懷輔導、編劇、導演、編輯、撰寫活動企畫和公文書寫等技能。相信只要保持著樂觀進取的態度，加上認真和堅持、細心及謹慎調和，生活可以很豐富、很精彩。未來的工作希望可以結合企管和中文系相關，投入文化創意產業。

作者簡介

CHAPTER 5

勤於生活，樂於工作

林怡鈞
東吳大學中國文學系四年級

　　第一天因為上班而興奮異常。雖然現在唸的是中文系，但有關工作、職場的生活及未來，在五專唸書的時候都已有涉略。踏入職場的路途上，充滿五專時的回憶，交織著憧憬未來的新鮮感。第一次正式上班沒有畏懼，有的是肯定未來的期待。未來的工作，可能不好找，可能競爭更加激烈……無損我現在對工作的熱忱。

「不管時代的潮流和社會的風尚怎樣，人總可以憑著自己高貴的品質，超脫時代和社會，走自己正確的道路。」——愛因斯坦

　　工作，其實很簡單的，就是為了生活而做。我不把這個觀念放進心裡，若是為了養家活口，當然是一個很好的哲學；但現在我的眼光望向未來，思考未來何種職業會適合我？怎麼做才能讓我可以學到更多？還可以使我很快樂？

　　我的想像是進入文化創意產業；這個產業內容廣泛，

它可以囊括我所學習、所經歷過的事物。

　　在萬卷樓圖書公司實習，是踏入文創產業的第一步，所以不計較是否有薪資，我想的是我是否可以在這個領域做的更好。

「外行的看武器，內行的看後勤。」

　　在出版社上班，因應公司作業及人力調派的關係，雖然第三、四天應該要到門市及書展部門報到了，卻在臨時的人手安排下在倉儲部連續工作了四天，對於倉儲部的工作比較上手，也比其他大學的實習生學到更多。

　　第一、二天一早，大家一起整理倉庫的書箱，搬了幾百箱二十公斤以上的箱子，以致回家時都兩手發酸；下午刷條碼，將特價書整理成箱，在電腦裡建檔，方便日後尋找顧客所需要的書籍。

　　第三、四天，倉儲部負責人向大哥讓我們幫忙刷套書的條碼。刷套書與刷特價書不同的地方是，套書要按次序編排好，才能放到紙箱裡面，每本套書都是精裝的，又大又厚又重，而且份量多，我整理了一套七十本的套書，它被分裝到四個大紙箱內；向大哥也因我們工作的時間比其他大學生多，還教我們書籍如何出版、怎樣利用 ISBN 整理書籍、如何和貨運公司合作等，此外還有開

車帶我們到博客來物流中心參觀流程。

　　將近一星期的工作下來，因為第一次上班而有點手足無措，幸而有了倉儲的向大哥和其他同學的協助，很快就上手、跟上進度。

　　出版社的倉儲部門到底在做些甚麼呢？根據經常獨力工作的向大哥所述，他的工作內容主管倉儲和物流。

　　首先，廠商送貨到工廠要負責初步點收。過程中包辦客戶、廠商、公司之間彼此的聯絡事項；簽收之單據須交給採購人員登記並簡單的檢查書籍是否折角、缺頁，若書籍有誤，則通知廠商退貨。如有萬卷樓的客戶訂書，則轉交博客來物流中心，並且定時追蹤出貨進度。日常工作還有處理由客戶指定地點的貨物的收件、退件（貨件有問題退回原寄送點），以及萬卷樓書籍的進貨、出貨。為了方便將顧客需要的書從倉庫裡找出來，要隨時整理倉庫裡的庫存書，為倉庫裡的每本書建檔，只要查查書在哪一個紙箱裡，就可以很快的把書找出來，提高效率。

「任何不願在品質上下工夫的人，都預繪了自己的死亡藍圖。」——
—聯邦快遞 FedEx 創辦人弗雷德．史密斯（Fred Smith）

　　倉儲部門和我們一般對於出版社工作的印象，即坐在辦公室電腦桌前面拼命打字、編輯的模樣，都不太一樣。雖然倉儲部門重勞力工作，但其實在這裡我學習到庫存書是如何整理編排，如果沒有好好整理這些書，要

從滿倉庫的書，快速的找出需要的書，也真的是很不容易；我也學到書籍要如何裝箱才不會把書壓壞，大本、小本等各種長寬尺寸的書，要把它們滿滿的裝進一樣大小的紙箱裡，不是簡單的事，只要多拿個紙箱，就會考慮到紙箱和運送的成本問題；在學校裡學到書籍的分類，在這裡也用上了，每一類的書，編號都不一樣，就這樣分類著，我又學到圖書館學必修的部份。從工作的過程中有所獲得，這也是我對未來工作的期待，也覺得工作很有樂趣的地方，因為親身體驗過後，才會自覺有所不夠，才能有更謙遜、更認真的態度，去做好每一件事情。

倉儲部的向大哥雖然不是中文系出身，但是從他身上，我看到他對書籍的了解及認識，也看到他是如何保護書籍。人們常說最愛看書的人，也是最會愛書、惜書的人，這句話用在中文系的人身上似乎很理所當然，因為大家都會認為他們比較專業。但是愛惜書籍的方法很多；從大哥身上，我學習到對工作的認真，以及保護書的方法。在搬運書的過程中，大哥都一直提醒我們這些小實習生該怎麼做，對書的保存才是最好的；任何一本書都記敘著作者滿滿的知識，良好的保存，是對書的尊重，也是對作者們的尊重。

四天的工作，我們一群實習生在倉庫裡忙碌，或許是因為之前有唸過企業管理，我也學習到他的領導方式，也了解到倉儲管理的重要。倉儲部不是最主要對外的部

門，但它的專業性和重要性卻也遠遠超過一般人的想像。

萬卷樓倉儲部位於三峽，工作出入都是靠向大哥接送。向大哥會跟我們聊聊日常生活和工作，有一次向大哥帶我們到博客來的物流中心，我感覺非常興奮，還在唸企管的時候，物流管理課曾有一份小組報告，要我們找一家貨運公司參訪，該公司的服務人員親切的介紹，使我對於物流特別印象深刻。博客來的物流中心比地方小公司的集貨區更大、也更有規模，因為他們是針對物流的部份，工作內容就不只是像倉儲部中的跑腿而已，員工的工作態度更加嚴謹，他們有系統性的分類包裹也使我看得目不轉睛。

在倉儲部工作，就像尋寶遊戲一樣，我在倉庫裡發現了好多寶貝，好多好多奇特的書籍。以前有空的時候都會去二手書店晃晃，在倉庫工作的好處就是：只要是沒有建檔的書，它就是特價品，和大哥說一聲就可以拿到書了。

實習除了學習投入工作之外，還得學習和其他學校同學、和上司相處，不停的實踐在五專學習的內容，大概只有我會覺得，上班的生活就像作夢一般吧！大家都希望大學的學習可以和工作結合，對我來說，實際去上班的生活，就像實現五專老師說的點點滴滴，不致於到

人心險惡，但很多東西真的要到外面執行後才會真的感受得到。社會上的人事物不像學校生活，有很多機會等著去選擇；這些機會，若不是足夠細心、大膽的奪取，是很難發覺的；我真的很開心有這次的實習經驗。

廖韋亭

東吳大學日本語文學系

我是個很喜歡嘗試和挑戰自己的女生，希望可以經由每個工作發揮所長，然後多多充實自己人生！

目前是東吳大學日文系四年級的學生。因為高中時期有機會去法國留學一年的時間，讓我看到了大大的世界，所以我變得很愛冒險，抱著「活著，每天都有新的挑戰」的心情，嘗試各式各樣的經驗，是我的人生目標。

工作經驗方面，大一至今在自家貿易公司，幫忙處理電腦工作以及回覆英文電子信件等工作，那段時間，常常可以和爸爸跑去國外見識所謂的「大場面」，能有這段經歷讓我覺得自己滿幸運的。大三時，擔任過國高中英文、國文和社會科目的家教老師，及補習班的招生組工作。二○一一年至二○一二年間，和朋友創業經營網路衣、擺攤和參與跳蚤市集，讓我交了很多朋友，也得到很多快樂的回憶，是我較自豪的經歷。目前大四，在學校畢聯會擔任畢冊總編和美工設計等工作，偶爾也會接美工類的案子，同時在誠品忠孝SOGO擔任歐洲生活用品店Green Gate的工讀生。

作者簡介

CHAPTER 6

把握每個機會，充實人生經驗

廖韋亭

東吳大學日本語文學系四年級

我除了本系日文外，在學校另有修創意人文學程。學程必修學分裡，其中有一項是去指定的機構實習。一直對於出版編輯有興趣的我，幸運的獲得萬卷樓圖書公司的實習機會，展開三個多月的實習生活。

實習的工作內容大同小異，但是相信每個人得到的經驗和心境多少都會不太一樣，希望我的經歷能帶領大家更了解萬卷樓這個可愛的大家庭。

清點書籍聽起來很簡單，但卻是個得花不少時間和體力的工作。

清點書籍時主要會遇到兩種情況：一種是全新出版的書，要一箱一箱拆開檢查數量有無錯誤後，再重新裝箱。另一種是從大陸寄回的書籍。首先，把一箱箱的包裝成箱的書打開，一本本的拿出來點清，一方面確定書的數量無誤，另一方面是找出需退換的瑕疵品。大陸的書籍摸起來都會有一層好厚的灰在上面，公司的人說，他們怕會有書蟲，都會先灑藥在上面，

所以一定要記得洗手。書籍點清無誤後，再重新裝箱，寫好書名貼在箱子上，幫忙搬上貨車，給負責倉儲物流的向大哥運去訂書的公司，或是庫存。

　　在搬書裝箱的過程，常常會不小心被紙割到手，或是因為一直重複起立蹲下搬運重物，所以腰會很不舒服，這時才意識到「自己是不是一顆爛草莓？」在實習之前，常常聽到以前有人去實習，跟實習公司鬧的很不愉快，就是因為他們覺得自己做的都是「打雜」的事情，老實說，內心多少會有這種想法出現，會很害怕該不會接下來兩三個月都是做同樣的事吧？那種不安感曾經出現在腦海非常多次，但難道清點書籍不是重要的事嗎？對於一間出版社來說，若是讓顧客常常收到瑕疵品和數量不正確的貨，可是會影響整間出版社的聲譽的，準時、負責和正確，絕對不是馬虎的事情，而做好庫存清點，也是公司工作裡重要的一環，絕對沒有什麼事是徒勞無功的。

　　而且因為這份差事，我從一顆連黏箱子、拆箱子都不會的爛草莓，進化到可以扛貨物的女孩，這個轉變對我來說真的很巨大。在多次送貨的過程中，和主管公司物流倉儲的向大哥變的很要好，送貨的路上，向大哥都會跟我們聊他以前工作的經驗，也常常請我們吃飯。因為大多時候只有我們兩個人去送貨，他請我喝飲料的時候還大笑說：「怎麼像是跟自己女兒出來吃飯呀！」，能遇到那麼多好前輩，我真的感到無比幸運。

被分到校稿工作時，第一次真正的感受到自己是在出版社實

習。

雖然只是校對文章裡的錯字或是排版錯誤的地方，但卻一點也不能馬虎。這可是書籍出版最後把關的重要程序！一字一句，每個標點，都得確實校對。幸好在學校有修過編輯學課程，老師教過我們如何正確的校稿，所以對於這份工作不算陌生。

校稿過程其實相當不容易，特別是稿量很多的時候。剛開始時，我速度相當緩慢，遇到文言文的時候那一整天心情就會很灰暗。但習慣後，對文字的敏感度就變得敏銳許多，閱讀速度也會加快。

稿件中，有一種是被紅筆畫的滿江通紅的稿子。指導的學姊說，遇到這類的稿件，若是一個字一個字的逐步修改，相當容易出錯，所以必須直接整篇重打後，再次校對。我相當佩服修改這些稿件的人員，聽說是教授的助理，她改的稿子堆起來應該有四十公分以上的高度吧。光是把改好的字重打，眼睛和肩膀都無限疲勞了，何況是還要動腦負責重新修改的人呢？我常常一邊校稿，一邊這麼想著自己和別人的差異有多大。

另一種是簡體字的稿件和由簡體轉成繁體的稿件。電腦在由簡轉繁的過程中，會有許多錯字或漏字，這時校對出錯誤，或是把字改回簡體就成了很重要的程序。記得有一次我拿到的稿子是黃褐色的，因為原稿資料歷史久遠，都舊到發黃了。為了把這份年代久遠的資料永久保存，所以出版社決定重新編輯後，再次

出版。所以在對照新的稿子和原稿時，必須小心翼翼的分類，免得原稿受損，記得其中有一份一拿起來整份散掉掉落滿地，嚇出我一身冷汗，趕緊撿起，把每一份原稿都重新裝訂。

ISBNnet 的應用。

督導要我利用 ISBNnet 幫他查一份資料。因為有客戶希望能蒐集到所有科技大學所出版，關於理工和科學方面的書籍，所以需要用到 ISBN 網頁，一筆一筆的把資料調出來。

業界可以透過 ISBNnet（全國新書資訊網）這個網站，申請書目資訊下載，下載的書目可以用來作書刊採購、編目等運用。

平日在學校做報告就常常需要查資料，利用正確的關鍵字搜尋，通常就可以省下不少時間。本以為這件工作應該很簡單，但畢竟是第一次接觸這個網站，加上後來發現 ISBN 網頁瀏覽器，運行的速度相當緩慢，資料也不易查詢，花費的時間比想像中的要長。查詢完資料後，得把所有資料調出，一次只能調出十筆，理工、科學相關的書，即使經過過濾後，還有一千多筆，光是下載就花了好幾個小時。資料全部弄好之後，必須合併成一份 Excel 檔。

日後我聽到要整理 ISBN 資料的時候臉色可能多少有點難看，但是又因為有經驗了，所以能被託付這份工作，難過之餘又帶點開心，心情很複雜也很矛盾。

當然這是因為第一次操作，所以很不熟練，萬事起頭難，久了就習慣了。

在所有的工作裡，我最喜歡的就是設計廣告和海報的工作。

之前就有聽暑期時期的同學講過這份工作，所以我每天都很期待。終於，學姐帶我們去六樓門市的書店拿需要做廣告的新書，然後講解大致上廣告內容需要包含的基本元素，像是書名、作者、售價、出版社的聯絡方式等，其他就是自行發揮。我們主要是運用PowerPoint練習做廣告。

圖書大多是大陸書局出版的，所以大多在該書局的網站上，都可查詢到相關資料；如何把簡介吸收，然後換一種方式成為廣告上的宣傳文字才是難度所在。這份工作令我覺得很棒的一點，除了可以累積自己的經驗，更可以把作品保留下來，成為屬於自己的作品集。因為我的專長就是美術設計，每一個廣告我都很努力製作，希望能做出像專業軟體製作出來的效果，只要得到學姊的肯定，我都可以開心整個星期！

還有一種是文字形的廣告，不需要大量的美工設計，只需精簡和流暢的文字介紹。這種是放在萬卷樓出版的《國文天地》雜誌裡面的黑白廣告，因篇幅不大，所以必須做的很精簡，如何在精簡中還是帶有一點點自己的特色，也是很大的挑戰。

辭章章法學研討會是在臺灣師範大學舉行的大型學術研究會議，多位學術界的教授都有參加。

我們的工作是負責整理販售書籍，把它們從封箱中取出擺放整齊，還有在會議舉行時，負責計時按鈴和更換名牌等。

　　雖然只是做簡單的工作，因為現場有在錄影，就很怕自己的醜態被拍到，整天都是如坐針氈的狀態，還好還有其他同學和學姊在，研討會很順利的結束了。

　　到了萬卷樓才知道做出版這行不容易，每一件都不是簡單的工作。搬貨、裝書、校稿、網頁編輯、設計和電話訪問等，經由這次的實習我獲得了相當寶貴的經驗。因為我自己從高中開始就很希望以後能在雜誌出版社工作，所以能有這次經驗對我來說真的非常的重要，也讓我大開眼界。

　　由於公司的督導是東吳的學長姊，對我相當照顧。「若有不懂的東西，一定要大膽提問，絕對不要不懂裝懂」，這是學長一直在叮嚀我們的。實習的過程中，當然並非每件事都意外有趣，有時也會在挫折或是枯燥乏味的灰色裡徘徊。但，就是這種感覺，我認為才是每個人都必須經歷的，在疲乏、無趣和挫折感中，練習和了解如何調適自己的心情，如何更進步。而這是這次實習當中我認為學到最重要的東西，是「態度」。

　　在學校的學習和實際經驗，絕對不不可比擬的，並且兩樣都不可缺少，這也就是為什麼現在社會會這麼重視學生要有實習經驗的原因。能同時進行讀書和實作，對我來說是很幸福的事。由於東吳日本語言文學

系並無規定需有實習經驗方可畢業，經由學程所得來的寶貴機會，我非常珍惜，相信未來在職場也能因為有此經驗，替自己加分。最後要再感謝一次萬卷樓這個可愛的大家庭帶給我的一切回憶和經驗，這絕對是我人生重要和寶貴的一段歷程！

張碩真

輔仁大學圖書資訊學系

我叫張碩真，是個人如其名的孩子，我的外表真的稱不上纖瘦，父母也確實將我養得十分滋潤。我就讀輔仁大學圖書資訊學系，選擇這個科系是因為我從小到大的興趣就是閱讀，我非常喜歡書。孩童時期在誠品書局成長，高中歲月沉浸於在圖書館中。在我很小的時候曾經有個遠大的夢想，就是建一座全世界最大的圖書館，成長至今才發現這個夢想不是普通的遠大，雖然如此我還是照自己的步調收集了我自己的寶物，在我的小宇宙中建立了自己的專屬圖書館。我的朋友及家人都叫我豆豆，依親友之見我的個性像個小孩子，對甚麼事物都有好奇心，個性開朗樂觀對於不熟的人是很害羞的，但時只要相處一段時間就會覺得我很外向，是個典型的悶燒鍋。

作者簡介

CHAPTER 7

小學問，大圖書觀

張碩真
輔仁大學圖書資訊學系四年級

開啟另一扇窗

　　當初在填寫實習時選擇把萬卷樓圖書公司放在第一志願真是太好了，尤其是看到實習的行程表時就覺得自己好幸運喔！如果沒有這樣的參訪機會我還不知道原來印刷有這麼多種，可能直到現在對於印刷的概念大約還停在校門口的影印店吧！從來沒有想過原來我們手上拿到的書籍、雜誌印製的過程是這樣繁複。

　　從以前看書就可以看到是第幾刷第幾版，在參訪之前總是認為自己完全了解版的意思，直到參觀了印刷廠之後才知道何謂版，看到版真正的樣貌。我現在看到版這個字時眼前就會浮現出版的樣子。我想經過這次的參訪我對版的印象應該比班上其他人都來的更加具體。

　　POD這三個英文字母是我們三天理論課程中一直可以聽到的名詞，在參觀印刷廠時也有聽到。因此我從第一天上課時就一直期待可以去百通數位印刷公司

參訪，非常想要知道何謂POD。在那參訪之後，說到POD我的腦海中會浮現的就是機器正在印帳單的畫面，在那次參訪後我才知道，原來我們家收到的卡單、保單，都是從這裡出品。我跟朋友在參訪途中還一起研究了正在印的商品，看著一本本品質優良的書籍被製造出來，我突然覺得明白得太晚了，因為我們學會的雜誌已經印好了。不然拿來這裡印製真不錯。

多虧了這次的參訪行程，我發現我看到了另一個不一樣的世界，從小對於出版界的印象大多是從電影及漫畫而來，所以在我的想像的世界中出版業是由一天到晚在催稿的編輯及個性獨特的作者們所組成的，不過經過這幾天的課程我發現我的世界開啟了另一扇窗，使我看到了新的風景。

看一看聽一聽不如做一做

第一天實習時我在進出口部門，那時的我在六樓的實體書店中做盤點的工作，可能是因為我沒有在外面打工過的關係，對盤點這件事情還真的不是很了解。正因如此，對我而言這項工作顯得更加新奇有趣，而且帶領我們的書店工作人員姊姊們都會很溫柔地向我們說明這項工作的意義及重要性，讓我們更加容易融入工作。這個工作做沒有多久，我們就接到了新的任務，我們開始整理書店中的書籍並重新排列，將新書上架，或把一些書下架做打包。原來書店的面積有限所要有效的運用可以展示的空間，因此要時常改變排列並且選擇一些書籍下架增加空位，而下架的書籍就要裝箱送回倉庫存放。當然我們是沒有能力判斷哪些

書籍要留下哪些要送走，但是我們也體悟到了許多，只是幾個簡單的動作卻有無數的意涵，來實習之前對於書店想法就是一個賣書的地方，但是實際做過之後就會發現，原來行銷是無所不在的，我們常常默默的被引導去購買呢！

我記得在學校上課時，老師就時常詢問我們圖書館的競爭對手有哪些，全班都可以很流利的回答，書店、出租店等。老師又會問我們那為什麼有些書圖書館明明就有，一般大眾卻寧願去書店或出租店也不願來圖書館呢？這時我們也是可以很流利的回答老師，但是大家說出來後也都會反問自己這些是真的原因嗎？

感覺上好像是，但是總有一種沒有直接切入核心的感覺，實際上到了這裡我發現了一點，就是圖書館的行銷手法還不夠好，是我們沒有好好的去引導讀者，觸發讀者的興趣，現在正就讀圖書館系的我也知道圖書館開始努力做圖書館行銷，但是我發現在課堂上有時老師說了很久都沒辦法完全理解的概念，在這裡實際體驗之後都變得更加清楚。

在進出口部門待了兩天之後我們就去倉儲部門實習了，事實上我們相當緊張，經過前兩天的實習我們已經深刻的體會到，在這裡做的跟學校學的是很不一樣的，而且對於到倉儲部門要做什麼我們真的完全不了解，對於未知的際遇我們懷抱著不安及期待。就這樣我們帶著忐忑的心踏上了位於鶯歌的倉儲部的旅途。

在倉儲部帶領我們的向永昌大哥非常有耐心，在接下來的幾天告訴我們他的經驗以及工作的大致內容，因為大哥的介紹我們對於物流這個詞彙有了更多的了解，也到了物流中心開拓眼界。

在倉庫這幾天我們盤點書籍庫存並加以分類。在盤點庫存做分類時，我看到了跟圖書館不一樣的分類方式及類號，分類號是我這幾天實習中看到最能感受到親切感的物品。在這段時間我學會了盤點及庫存的方式跟方法，說真的我有許多的感觸，不論做什麼事情都有小學問在，放書籍事實上也有技巧和方法。自己不實際的去做做看去嘗試是無法體會的，在倉庫這幾天看到許多隱性的服務及用心。在我們將書裝箱庫存時大哥告訴我們放書的注意事項及技巧，在教導我們時大哥說了一句話讓我印象深刻，大哥說：「這樣放堆疊起來書比較不會受到壓迫及損害，你們也不希望自己買到的書有痕跡吧！」。我覺得這句話深切的印在我的心底，他告訴我要做好服務就必須要有同理心，將自己希望享受到的服務，讓其他人也能享受到，我想這就是所謂的優質服務吧！我也給自己這樣的一個期望，希望自己能夠一直保有這樣為他人著想的心，同時將這種細心及用心表現處來，讓我周遭的人可以感受這種幸福。

在萬卷樓圖書公司實習的這段時間，我學習到了很多在課堂裡學不到的技巧及知識，同時也開拓了我的世界，我發現了很多我以前沒有注意到的細節。以前在上課中學習到的知識，有不少在實習的過程中有實際的體驗及操作，也發現到有一些跟課本上的不太一

樣，讓我知道工具只知道使用方法是不夠的，還要能靈活變通，讓很多課本學習到的理論因為實踐而變得更清楚即明白。除此之外，在實習的這段日子中我還交到許多校外的朋友，從他們身上我學到許多不同工作方式及優點。同時受到公司同仁們教導，學習了很多經驗，最重要的是我從他們的身上學習到對於工作的態度且深受感動。

許淑郡

嘉義大學中國文學系

作者簡介

生長在高雄旗山的純樸鄉村，目前在國立嘉義大學就讀四年級，受到家鄉濃厚的藝術氣息所薰陶，自己本身也喜好參與藝文活動，從小喜歡在閒暇時間彈彈古箏與吉他、或者練練繪畫，然後國中三年也曾進美術班增進繪畫能力，雖然在升高中以後就沒有往美術這條路發展，但是手感的時候，最喜歡拿著一隻蘭竹筆隨意畫畫，無論山水或水彩，只要有想法就能呈現在圖紙上，自己希望完成的一件事就是能夠將自己的作品集結成書，然而在萬卷樓實習的期間也意外地實現了這份心願。

目前的生活，除去應讀的教科書外，自己沉浸在各式各樣的小說當中，無論科幻、言情、懸疑……等類型，都是我會接觸的書籍，而我的個性有點感性，常常會為了一些小情節所感動，然後哭到無法自拔的地步，所以在實習的時候碰到很多感動人的事情，常常想起來就會不自覺地掉下眼淚。

CHAPTER 8

出版社的魅力

許淑郡
嘉義大學中國文學系四年級

　　在還沒有接觸實習工作前，從沒有人跟我談論過對社會工作的態度，不過在實習的期間，因為會提早到公司，所以有機會可以與萬卷樓圖書公司的梁總經理，面對面地聊了許多事情，讓我在實習工作上加以受用。或許也受到梁總經理積極樂觀的影響，我在萬卷樓的工作，總是抱持著認真學習、求進的心情來工作，只要有一刻歇息，我就認為我似乎錯過學習的機會，所以只要編輯姐姐們交代下來的工作，我都會萬分感謝。

　　在出版社裡工作並非外界所認知的印象：成天坐在辦公室中，做著編輯、校稿、設計等等的作業。在梁總經理與張副編輯的介紹下，我們的工作與萬卷樓員工無異，除了自己所屬部門的工作外，也會定期地到萬卷樓的書籍倉庫去幫忙作搬書、盤點等等的工作，所以在實習期間的安排，我們跟著各部門的負責人在辦公室與倉庫兩地，體驗出版社的真實面貌。

　　在出版社實習，最讓我覺得特別的是「拍攝電子書」的工作，電腦普及的現代社會，出版業也不再是單純

地發展紙本的文物，為保存收存不易的古書籍，萬卷樓也開始向外與數位印刷業合作，致力於將古書製作成電子書保存。而我們在萬卷樓作的首要工作就是：將一頁頁的書籍內容拍攝成數位相片，將其檔案送到數位印刷公司用排版、編輯。剛好我對攝影有特別的愛好，碰到相機都會讓我感到很快樂，我與一位他校的實習夥伴合作，一人拍攝一人擺書，每到一個時間點就會交換位置，兩人合作無間，在工作的同時也會交換心得，或是談談彼此學校的課程特色以增進自己的視野。

　　最讓我有所感觸的一份工作，是萬卷樓公司受人委託，去接收一個倒閉出版社的倉庫存書，當時跟我們隨車前往的是這個公司的蘇總經理，從梁總經理的敘述中知道，這位蘇總經理在出版社的全盛時期也在業界叱吒風雲過，但是中晚年的時候身體出現疾病，被疾病纏身的他，來回在醫院開刀到過幾回，後來體力也大不如前，漸漸無法負荷出版社的業務，因此將出版社關閉，最後委託好朋友梁總經理來接手這些他曾經視為最珍貴的書籍。

　　雖然那一天我們接力搬書真的很累，但是我也近距離觀察到落寞的經營者，在看著曾經是自己的生財工具，如今必須要轉手他人的不捨與寂寞，在我與另一位他校的同學看來都相當地感傷，到現在我倆談起蘇總經理時，仍然記得他老邁的身軀坐在房間的一角，看著我們一趟又一趟地搬運著書籍，眼神透露出的悲傷，或許是我的感性因子作祟，我真的為蘇總經理感到很難過。

實習期間，做了廣告、改寫文章、刷書、盤點、搬運整理書籍、送書……種種的工作，但最大的成就莫過於有一本自己作品印刷成書，那種興奮喜悅的心情，一生品嘗一次也在所不惜，然而這次實習為我拿到了這個機會，將我自己親手繪的繪本印刷成書。在整個過程中，很感謝張副編輯的教導，有關排版、樣式……等等細小的地方，他都願意幫忙著我，不擔心花費長時間的等待，只希望我能做出讓自己滿意的作品，讓我收到成書時相當感動，也同時了解作者與出版社是要相互配合的，一直到成書為止的過程是多麼的辛苦，要不斷地來回校稿、確認排版，最後才能印刷成書籍。

　　實際走過這些流程後，自己也身陷在出版社的魅力裡，對常常接觸文字語言的人，出版社是第一線可以感受到手拿新書快感的工作，我會考慮將出版納入自己未來工作的選擇之一，雖然無法確定自己未來是否可能在萬卷樓裡工作，但是我永遠記得梁總經理對我的訓勉：「忍耐與衷心喜歡這份工作，這兩者是在職場上必須具備的態度，坦若不合自己心意的工作，也別刻求自己去接受它，反而要立刻轉換跑道，追求自己所愛，切勿蹉跎光陰。」

周佩蓉

嘉義大學中國文學系

我叫周佩蓉，今年二十二歲，就讀嘉義大學中國文學系四年級，個性活潑開朗，很喜歡交朋友，有點外向的個性，使我在人際關係上能與朋友相處融洽，最喜歡做的事就是幫助別人，我很享受那種助人之後，心靈上所得到的滿足和成就感，不求回報的付出，最大受益的人竟是自己，從中所得到的是最有價值的寶物，那足以使我忘掉所有的不愉快。從小到大，父母親對於我的教育和學習都是以開明的態度來對待，尊重著我們的想法與意見，因此在求學的路上我有屬於自己的自由空間去發展，選擇自己的興趣去學習、慢慢去了解自己並琢磨出自己的專長。除了參加戶外活動，我也很喜歡閱讀，在文字與書本的世界中，可以讓自己短暫拋開許多煩惱，盡情地沉浸在浩瀚無邊的文學中，洗滌身心的疲憊，而選擇中文系就讀也是想具備與自己興趣相關的知識，一直對中文有股強烈的熱忱，希望自己未來的工作可以和文學相關，讓興趣和專長結合。

作者簡介

CHAPTER 9

在書頁中追逐夢想

周佩蓉
嘉義大學中國文學系四年級

　　暑假到台北萬卷樓去實習是一個很棒的經驗，雖然只有短短兩個禮拜，卻讓我對出版社的運作與內容有了初步的認識與了解。

　　一開始的理論課程，萬卷樓有安排我們到印刷工廠去參觀，帶著一顆雀躍期待的心情，跟著大家一同去參觀，如同校外教學般大家都睜大眼睛去探索，一間間的工廠印入眼簾的一台台巨大的操作機器，還有旁邊堆滿著琳瑯滿目的傳單與印刷品，這是我印象最深刻的一部份，看著工廠內四處擺放著印刷出來的傳單、廣告單、書籍、繪畫本等，場內的大台機器將一張一張、一本一本的書籍印刷出來的過程，真的讓人覺得很新奇，有種莫名的興奮感，原來我們在市面上看到的書籍完成品，是經過這麼多道的加工程序，以及排版、印刷、裝訂，一個步驟一個步驟慢慢完成的。

　　結束理論課程後，開始正式在萬卷樓實習，記得一開始被分配到「校正」這項工作，我覺得這是一個磨練自己細心和對文字敏感度很棒的機會，在校正的過

程中，不僅要細心的去看字裡行間有沒有遺漏，或者是缺字的地方，不能有錯別字，也是最基本的要求。一邊檢查文章的文字，彷彿回到從前國小在寫國文習題的「改錯字」，我很喜歡練習作改錯字的題目，因為在認真細讀字句後挑出錯別字，會產生很大的成就感，而且一邊在挑錯字的時候，也可以一邊跟著閱讀文章中的內容，因為文章是有內容的，也可以一邊吸收新知識，才不會覺得枯燥乏味。因為若是連續校正多篇文章，真的要耗費很大的專注力和眼力，在過程中尋找樂趣是很重要的，雖然我覺得找錯字是項很有趣的事情，但是當自己原本喜歡做的事情或著自己的興趣，它變成是一份工作的時候，往往都會失去了原本的趣味與興趣，因此面對著些一篇篇需要大量要校正的文章中，就不要當校正是一份工作，而把它當作是一篇篇的文章去閱讀，只是需要比閱讀再花多一些的注意力去檢查字裡行間的內容文字與排版，慢慢的，會發現，其實這是一個磨練自己對文字靈敏度很棒的訓練。

　　而後的幾天，萬卷樓也安排了我們接觸在倉儲部的工作，在倉儲部，主要的工作是負責將一些未建檔的書籍刷條碼，透過條碼的統合，然後在電腦中將書本建檔，以便日後的查詢和整理，這樣到時候在尋找書本的時候，便可以減少許多時間成本，會變的比較有效率，有條理。一開始，看著倉庫裡面堆滿著玲瑯滿目的書，有種眼花撩亂的無力感，但之後在大家分工合作之下，將一本本還沒歸位的書本，找到屬於它們的定位，看著一箱箱自己建檔完後封箱的書本，會有很大的成就感，感覺好像替那些原本無家可歸的書本

找到了屬於它們的定位與位置，而且這項工作會越做越順手，熟能生巧，在一次又一次的反覆操練下，後面會越來越有效率，看著自己在短短的時間內，可以將原本堆積如山的書本，建好檔裝箱，也相當有樂趣。

　　雖然只有短短的兩個禮拜，我們懂得專業知識也不是很深入，接觸的也許還只是出版社最基本與最基層的工作，但是每次的學習都是一次讓自己進步且難能可貴的經驗，藉著這次的機會能夠到讓自己的視野開拓，真的很棒，有些工作，有些事情沒有自己親自接觸過、親自去體驗過真的很難體會當下的感受，也無法獲得最真實寶貴的經驗，讓自己去深刻體會一遭，親自走過一遍，才能深刻了解到工作的內容與會碰觸到的困難與問題，有些經驗無論聽別人說得如何口沫橫飛、如何生動活靈活現，畢竟也不是自己的，也無法感同身受。有些事情，可以讓在別人的經驗中汲取能量，但是那樣的過程與學習的效率遠遠不及自己親自去接觸來的快速、有效果，很開心這次能和班上的同學一起到萬卷樓去實習，不僅開拓了自己的視野，也覺得學到了許多是書本上尋獲不到的寶藏，這些經歷是自己體會過的，而那些珍藏的收穫是別人怎樣都搶奪不走，專屬自己的。

賴政達

嘉義大學中國文學系

作者簡介

我叫賴政達，綽號是賴達，出身於台南偏遠山區的土小孩，目前就讀於嘉義大學中文系。平常喜歡到處走走，看看外面的世界，透過旅遊來緩和生活的步調，從不同面向的人身上，學習不同人的生命歷程。人生對於我而言，是種不斷學習的態度，因此很勇於嘗試新鮮的事務。喜歡聽音樂以及閱讀，透過音樂淨化自己，藉由閱讀找回自己。以前的我常會有很多夢想。但現在的夢想就是：在當下，活出自己，Frighting！

CHAPTER 10

見習書籍定位員

賴 政 達
嘉義大學中國文學系四年級

　　首先，要先謝謝系主任忠道老師和萬卷樓的張副總編輯晏瑞老師，給了我們一個可以到出版社實習學習的機會，這個在出版社實習的經驗或許對於某些人來說似乎不算什麼，但對於我們這群再過一年就要面對職場的大四生來說，是一個很棒的人生經驗，或許在未來要走哪條路到現階段尚未明確，但此次的實習，卻給了自己一個屬於自己的夢想。

　　在理論課實習的那三天，分別參觀了三家不同的印刷公司，從傳統印刷到數位印刷都有；從少量客製化到大量印刷也都有，也學習到PDF檔案在印刷界是多麼重要的一個革命，因為它能使檔案在互相傳檔時，避免頁面及內容發生排版亂掉的事情。也讓我們認識到，一本書的出版發行是不容易的，從一開始的產出文章、排版、設計、印刷到裝訂，每個環節看似不起眼，卻每個都很重要，環環相扣，一個環節出錯都會影響一本書成品的完美性。

　　以前在書店買書時，常常看到書的背後有條碼，卻

不知道此條碼隱藏著極大的功能，就是幫書建立一個屬於它們的身分，方便出版社在客人訂書或是建立檔案時查詢書的相關放置地點和銷售庫存。倉儲部實習的地點是在三峽，整間倉庫坐落在山腳下一間不起眼的鐵皮屋內，看著外表你不會想到裡面竟然放置著許多書籍。因為尚未整理過的書，每本都是呈現一種分散的藝術存在著，分散是種美，但是是種不協調的美。一箱書裡面，可能存在著文學、現代、古典、套書……等等，而你就是要去思考及翻閱內容，去了解這本書到底該屬於哪一類，因為每本書有每一本書存在的分類，若分類錯誤，很可能會造成往後再找此本書時，遍尋不著其蹤跡。也碰過一套二十幾本的書中，獨缺了某幾套，這是件很棘手的事情，要去其他地方把這幾本書找出來把套書補齊，這樣這一整套書才稱得上完整。有些書沒有條碼，但有ISBN，那此時就要用ISBN去查這本書，若查到的到資料是挺有成就感的；若找不到，便要去建立此書的新檔案。

當分類完所有的書後，便要將書一箱一箱分類貼上條碼，以便以後方便找尋，看似很輕鬆的工作，但其實挺需要動腦的。綜觀以上的情形，有些特點是需要的：

首先是專注，因為在分類刷書的過程裡，可能因為太順手或是一不小心，就漏刷一本書或是多刷一本書，這樣不僅會造成往後核對的數目錯誤，也會造成需要再花時間來建立一次檔案。

第二，則是跟團隊的合作，有些書目的數量過於龐

大，一個人去處理可能效率上會不好，若有隊友的幫忙，再處理這些事情上，會有事半功倍的成效。

　　最後是細心，有時候要輸入一個條碼，多或少一個數字或英文都差很多，所以在這方面，要再三反覆的檢查才可以。

　　藉由這次實習的機會，發現了自己在處理某些事情上面的缺點，也看見了自己部分能力上的不足，在出版這個領域了解到以前從未接觸過的知識、工作內容，從在公司做的編輯，一直到倉儲部做一些編列處理的工作，在這之中，幸虧所有公司的人員都很照顧我們，我們才能順利完成這次的實習，再次感謝萬卷樓圖書公司給我們這個機會學習這些不一樣東西。

嘉義大學中國文學系

陳彥儒

作者簡介

陳彥儒，彰化縣人，就讀嘉義大學中文系四年級。平日的休閒為看影劇、讀小說，喜歡沉迷於故事之中。自己偶爾也喜歡寫寫小說或作詩，一方面可培養本身對文字的敏感度；另一方面，也可以當作自我挑戰，曾於校內文學獎獲獎，目前是嘉義大學中文系畢業公演的總編劇，對編劇和小說創作有無可抹滅的熱情，同時內心也比任何人都渴望能演出武俠劇。平時也常看書，對於如何編輯成一本書，有相當濃厚的好奇，故參加此次的實習。

CHAPTER 11

最後的暑假

陳彥儒

嘉義大學中國文學系四年級

　　今年暑假，我參加了萬卷樓圖書公司的實習。萬卷樓圖書公司是以堅持「發揚中華文化、普及文史知識、輔助國文教學」為核心價值的一間出版公司，其辦有雜誌《國文天地》。

　　他們的出版物與我就讀的科系「中國文學系」密切相關，故引起了我的興趣，想要知道他們在做什麼，便毅然決然投入這次的實習行列。此次的實習分為兩階段，第一階段是七月份共三天的理論課，第二階段則是八月份共兩個禮拜的正式實習。

　　七月份的理論課採上午教學，下午參訪。這三天的課程中，老師們都提到了電子書。由於網路盛行，大大影響到出版業與報社的銷售狀況，電子書與紙本書的數量正在轉變。電子書由於方便快速，數量漸漸上升，紙本書則反之，但短期之內並不會消長太快。

為了因應未來之趨勢，電子書在出版業佔著重要的位置，故在這次的參訪中，我們到了華藝數位出版公司參觀。在會議室裡，由陳建安先生為我們介紹公司的整體概況。華藝在網路上架出一間網路書店，此種方法可以節省許多時間與費用，使庫存量減到最低；另外若做成電子書，則可以減少成本，不會有困存量的問題。庫存量的囤積，是困擾出版社的問題之一。

　　那麼，數位化的技術對出版社造成了什麼影響呢？「新技術帶來新思維。」花木蘭出版社的老師說。由於科技進步，大大改變出版社出版方式，從以前的打字排版，到現在電腦打字，印刷技術也隨之數位化。這項技術，讓以前只能大量印刷的書，可以以按需印刷的方式服務顧客。

　　按需印刷的特色是，資金減少，且沒有庫存。顧客訂幾本，就印刷幾本，以少量印刷的方式，達成零庫存的目的。在參訪中茂印刷廠時，業務主任陳寶榮先生，也有向我們介紹何謂POD(Printing on Demand)，也就是所謂的按需印刷。

　　由於一般印刷在排版後需製版，但製版的費用並不便宜，可是POD不需製版，故沒有基本費；另外，若是傳統印刷，在印刷之前，需要先印出範本，看排版是否有誤，一般至少80張紙張，但POD是以電子檔(POD檔為主)印刷，若電子檔無誤，基本上不會有多餘紙張

的損耗——且POD的最大特色是快速、有效率。然而，POD無法大量印刷，若超過一百本，便不經濟了。

　　花木蘭出版社主要出版學術性書籍，這樣的出版社是如何生存的呢？對此我抱持著很大的疑問。在教學的過程當中，他告訴我們一個「長尾巴理論」，在亞馬遜書店裡，在排行版十萬名之後的書，就稱為長尾巴，這類書的特色是，專業且高價，銷售量每年約五十本，相當少量，可總類多元，佔了總收入的四分之一！

　　花木蘭出版社就是應用此理論，但除此之外，他們會先確認市場，例如中國需要什麼類型的碩博士論文，就出版什麼；也會拓展客源，確認買方，國家圖書館便是其中穩定客源之一。我原本以為，學術性的出版社都慘澹經營，但花木蘭出版社的老師有自信的說：「學術也是一種文化財。」我想只要用對方法，就能長久經營。

　　而出版業中重要的編輯部，在實習的理論課中，有請老師上課，介紹何為編輯。我原本以為編輯的工作只需排版、校稿，但事實上並非那麼簡單，編輯並非編輯完成就了事。

　　編輯必須懂得選擇體材，不同公司有不同市場走向，萬卷樓則屬文史哲類別；編輯不能脫離市場趨勢，包含國內外，無論在題材內容、封面設計上，都要能

符合市場口味；另外，宣傳屬編輯部的工作，因為編輯是閱讀此書最多次的人，也是最了解此書特性的人，故DM或網路上的文宣，是交付編輯部處理。

　　時至八月，是為期十二天的實習之旅。實習主要分為五個部門——叢書部、雜誌部、進出口部、倉儲部、門市與書展。每個人輪流在五個部門間流轉，每個部門待一至兩天。

　　叢書部負責將一系列叢書，以拍照的方式數位化，這些叢書都是珍貴的古文物。萬卷樓成立目的之一，是為保存中國古文化，不捨將其出售，但或許有人需要這類書，例如做研究之用，故以拍照方式數位化，再印刷出來。樣本出來後，便要開始校對是否有拍攝不清楚之處。

　　我在雜誌部做兩樣工作，其一是校稿，將雜誌上的文章校過一遍，看是否排版有誤，並將錯字挑出。那時，因為陳新雄老師過世，於是萬卷樓做了緬懷老師的專輯，在此專輯裡，提到了老師在聲韻上的偉大成就，裡面有許多用詞，都與聲韻相關，若沒有修過聲韻學，可能一個字都看不懂，更遑論挑出錯誤的地方。我這時才了解，即使是看似簡單的校稿，也需要專業素養；另一個工作是編輯廣告，按照固定格式，做全版或半版的廣告，而內容則由我們自行設計，這項工作還必須有設計美感才行。

我並沒有在進出口部工作，因為當時並沒有進出口的書。至於倉儲部，則是體力活動。倉儲部是存貨的地方，一間大鐵屋工廠，放眼望去裡面除了書還是書。每本書都有自己的身分證號碼——國際標準書號（ISBN），倉儲部的工作就是刷條碼，將它們進行分箱分櫃，讓其可以在網路上被買家找到。我們將書刷完後裝成一箱一箱，然後將這一箱一箱的書，以人力接力的方式，搬運到二樓的儲藏空間。這是一個相當耗費體力的部門，也是相當考驗團隊合作的部門。

　　實習期間，剛好有從上海書展被運回來的書，於是我們必須清點那些書，看賣出了幾本，以利核對收入金額，是否相符。這也是一項繁雜的工作，好幾百本的書，得要一一核對，然後裝箱。

　　此次實習之行，讓我大致上了解編輯一本雜誌的流程，整個過程並不輕鬆，得邀稿、校稿、排版、二校、印刷、三校，經過這些繁複的手續，我們才能拿到手上的一本書或雜誌；經營出版社同樣也不容易，得面臨各式各樣的挑戰，敏銳度要高，必需知道市場趨勢，還有，每本書的行銷方法都不同，封面設計、字體大小、在何處鋪點，都是納入考量的重點。

　　在出版社實習後，雖然不確定將來是否會在出版社工作，但這次的實習，讓我了解到許多事情，至少對

出版社有初步的認識，而不是懵懵懂懂的，踏入這個領域，此次的經驗，或許會在未來，成為某一種契機也說不一定。

在大學最後一年的暑假，我很慶幸能到萬卷樓實習，此次的實習之旅，讓我看到了不同的風景，體驗到平時在學校體驗不到的滋味。我想大部分的學生，都對未來抱持得一份既憧憬又害怕的心，而我也不例外，但這次的經驗，讓我變得不一樣，這次的經驗讓我對自己更有信心，對未來更有想法！

編後語

莊凱婷
菜鳥編輯

　　校稿、想版型、和設計師溝通封面樣，我在記事本上一一記著，卻總覺得寫得不是自己的記事本，離一直以來努力的目標愈近時，反而愈發不真實。

　　什麼時候開始有了編輯夢呢？其實已經記不太清楚了，只是懷著這樣的期望，加入中文系刊邊做邊學，然後修習創意人文學程並爭取進出版社實習的機會，暑假在萬卷樓圖書公司裡實習的過程中愈來愈了解編輯這份工作，後來晏瑞學長給我和慧文這個機會實際編輯一本書，並且一點一點仔細的教導我們，真的很感謝他百忙之中撥空指導我們，每個星期的編輯會議都獲益良多。

　　晏瑞學長給了我們很大的空間發揮，這本書從基本的校對、與作者們溝通到排版、取書名、和設計師溝通封面樣式幾乎都是我們自己來，因為有晏瑞學長一步一步教我們，過程都挺順利的，和自己學校東吳大學以及輔仁大學、嘉義大學三所學校校對修改稿件

時也沒有什麼大問題，設計師許佳臻也挺包容我這個菜鳥編輯，和慧文合作的時候雖然偶有意見相左，但也沒真的發生過爭執，就這樣尋找平衡點一起努力著，不知不覺就要完成了，我們實習的成果發表後下一批實習也即將開始，可以想見下一批來實習的同學們抱持著對編輯這份工作的熱情踏進萬卷樓圖書公司，然後抱持著這樣的熱忱起步，也許會發現自己的不足，也許會感到挫折，也許能回想起最初想自己編一本書的心情，就和當時的我們一樣。

記得當初替這本書想書名時苦惱許久，慧文靈光一閃道出了《菜鳥先飛》這個書名，萬卷樓九樓編輯室夜裡忽然爆出一陣笑聲，書名就這麼定了，我是真心喜歡這個書名，多麼符合現在的我們，帶著剛學會的一點東西以及翱翔天際的盼望，抖擻振翅著準備起飛，期待著有天菜鳥能熬成鷹，帶領著其他遙望著這片天的人們一起展翅高飛。

編後語

林慧文
菜鳥編輯

　　六月，書本的編輯工作終於告一段落。恰巧在剛走完畢業典禮的此刻，匆匆忙忙一學期忽然塵埃落定，竟有些不捨。

　　還記得從當初等待稿件的每一天，心情曾經是多麼的忐忑。打從最初，晏瑞學長就放手讓擔當《菜鳥先飛》編輯的我們去全權負責。一開始迎來的是苦苦的等待，終於盼到稿子來了，歡歡喜喜的打開去校稿，才修正完偏差的部分，卻又怕初步校稿改得太霸道，於是又仔細重複斟酌建議用字，謹慎的回信候覆。

　　過程中，我發現真正的困難不在編輯工作上，而在於溝通。一旦溝通不好，接下來就沒戲了。社會新鮮人的碰壁通常不是因為學歷不夠，而是錯把身段放得太高，作為編輯菜鳥，對此我確有深刻的體會。

　　衷心感恩過往幾個月以來協力製作這本書的所有人。

這期間受到老師們和萬卷樓出版社各部門多位前輩的照顧，讓我倍感親切。其中特別感謝事務繁忙仍不忘抽空指導我們的晏瑞學長，第一次試做排版時給予的鼓勵和肯定，給了我許多去嘗試的勇氣；也感謝依玲學姐，實習以來對於我的設計所提出的意見，讓我看到了更多軟體應用上的可能性，相當受用；還有笑聲爽朗的家嘉學姐，謝謝你總是怕我們太累一路關心著我們；感謝每一位投稿和提供素材的同學，尤其在校稿過程中表現出的體諒和包容，全賴有你們的支持和努力，我們才能完成這本書。最後要感謝另一位小編凱婷，能跟經驗豐富的你搭擋是我的幸運，謝謝你一路上不計較的配合我。你是位很出色的女孩，祝福你的編輯夢順利成真。

　　轉眼要到七月了，新一批實習同學即將到來，編輯菜鳥的實習旅程又將再度展開。菜鳥能飛多遠？我覺得這視乎志氣，距離從來不是問題。要相信自己，總有一片天空會為你打開。祝願每一位同學，振翅高飛，如願以償。

Photograph

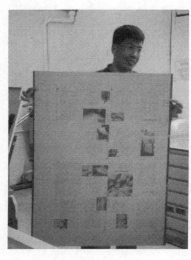

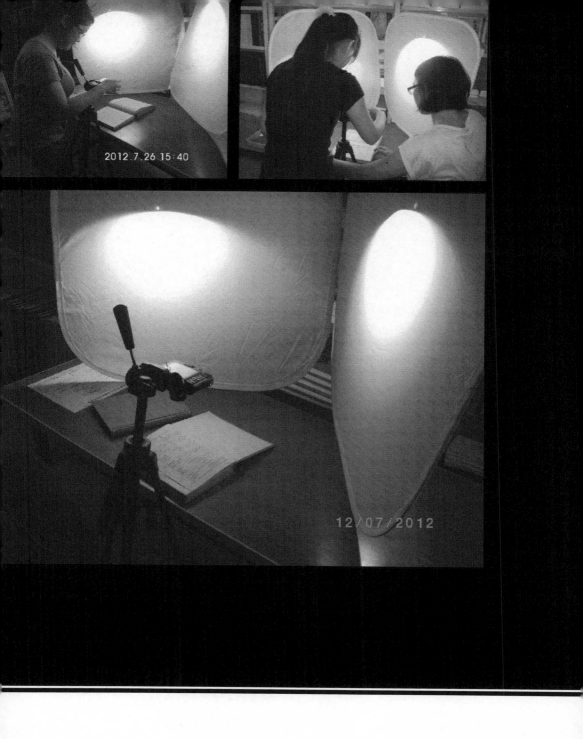

2012.7.26 15:40

12/07/2012

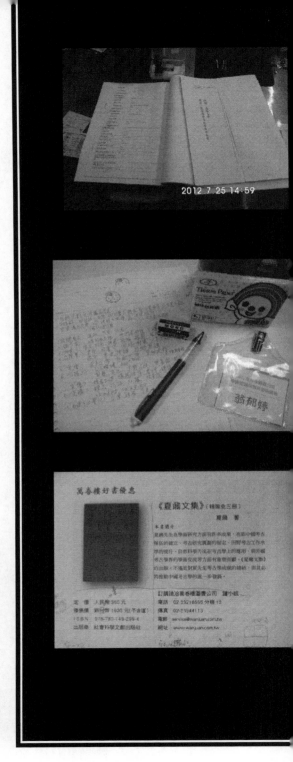

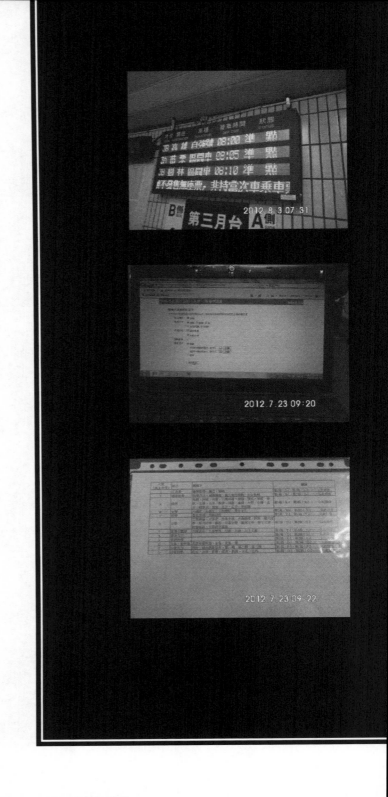

▪照 片 提 供▪

莊　凱　婷
◆
林　慧　文
◆
翁　郁　婷
◆
許　詩　婕
◆
廖　韋　亭
◆
張　碩　真

國家圖書館出版品預行編目(CIP)資料

菜鳥先飛：出版社實習新體驗 / 張晏瑞主編.
-- 初版. -- 臺北市：萬卷樓，2013.11
面 ； 公分
ISBN 978-957-739-839-0(平裝)

855   102024788

菜鳥先飛

──出版社實習新體驗　　　　　　　　　　2013 年 12 月 初版 平裝

ISBN 978-957-739-839-0　　　　　　　　　定價：新台幣 240 元

主　　編	張晏瑞	出版者	萬卷樓圖書股份有限公司
發 行 人	陳滿銘	編輯部地址	106 臺北市羅斯福路二段 41 號 9 樓之 4
總 編 輯	陳滿銘	電話	02-23216565
副總編輯	張晏瑞	傳真	02-23218698
編　　輯	莊凱婷	電郵	editor@wanjuan.com.tw
編　　輯	林慧文	發行所地址	106 臺北市羅斯福路二段 41 號 6 樓之 3
封面設計	許佳臻	電話	02-23216565
		傳真	02-23944113
		印刷者	百通科技股份有限公司
版權所有‧翻印必究		新聞局出版事業登記證局版臺業字第 5655 號